TARTUFFE

PAR

C. COQUELIN

De la Comédie-Française.

PARIS

PAUL OLLENDORFF, ÉDITEUR

28 *bis*, RUE DE RICHELIEU, 28 *bis*

—

1884

TARTUFFE

DU MÊME AUTEUR

L'Arnolphe, de Molière. 1 vol. in-16.

L'Art et le Comédien.

Molière et le Misanthrope.

Un Poète du foyer : Eugène Manuel.

Un Poète national : Béranger.

Un Poète philosophe : Sully Prudhomme

ÉVREUX, IMPRIMERIE DE CH. HÉRISSEY

TARTUFFE

PAR

C. COQUELIN

De la Comédie-Française.

PARIS

PAUL OLLENDORFF, ÉDITEUR

28 *bis*, RUE DE RICHELIEU, 28 *bis*

1884

IL A ÉTÉ TIRÉ DE CET OUVRAGE

15 EXEMPLAIRES SUR PAPIER DE CHINE

TARTUFFE

Je ne suis pas un érudit; on le sait de reste, sans doute, et les études que je hasarde ne révèlent, je le confesse, aucun document nouveau. Je me borne à chercher, dans ceux connus déjà, la justification des idées que m'a pu suggérer le texte même de Molière sur l'interprétation la plus vraie de ses personnages. Ces documents, par malheur, peuvent faire défaut; personne n'ignore que Molière n'a point laissé de manuscrits, ou, pour mieux dire, que des mains intéressées ont détruit soigneusement tout ce qui pouvait subsister de son écriture : sans l'invention de Gutenberg, Molière nous serait moins connu qu'Aristophane. Si jamais donc érudits font œuvre pie, c'est quand ils tentent de suppléer à la perte des papiers de Molière, à la disparition de ses malles volées, on ne sait comment, mais on se doute bien par qui, à la consigne de la Postérité. Malheureusement, malgré la sainte obstination des moliéristes, la récolte est pauvre et plus d'un point reste obscur encore. On ne saurait donc s'étonner si, dans la brève étude qui suit, moi qui n'ai pas l'honneur d'être un de ces laborieux chercheurs, je me vois contraint de risquer, ça et là, quelque hypothèse après tant d'autres qu'ils se sont permises.

On me demandera peut-être pourquoi je n'ai pas fait pareille confession quand je me suis occupé du *Misanthrope* et de l'*Ecole des femmes*. Il m'en fût revenu, m'assurera-t-on, un peu d'indulgence pour certaines assertions qui, faute de ce modeste aveu, m'ont valu d'assez vives critiques.

Je réponds que, dans mon étude de ces deux chefs-d'œuvre, je marchais sur le terrain le plus uni, le plus certain, le plus solide : l'œuvre même de Molière, pleine, entière et sortie d'un seul jet.

Ses intentions me semblaient si évidentes que j'étais dans l'admiration qu'il pût seulement y avoir doute. Nous avions là sa pensée, écrite toute à l'aise, accusée où il lui avait plu ; il avait eu ses coudées franches ; il avait ri *du bon de son cœur*. Pour *Tartuffe* il n'en va pas tout à fait de même. La pièce a été refaite. Il y en a eu trois versions différentes. Celle qui subsiste est la troisième ; les deux premières ont disparu. A chacune, l'œuvre subissait, par ordre, des corrections, des adoucissements. La pensée de l'auteur se déguisait — le mot est de lui — pour s'évader jusqu'à nous. Il faudrait, pour la posséder avec certitude, l'avoir toute nue, comme elle naquit d'abord ; et voilà ce qui nous manque. Ce premier trait, cette première copie de *Tartuffe*, sans retouches, sans altérations, nous ne l'avons pas, et il faut démêler l'idée originale entre les lignes d'une troisième édition reprise et amendée.

De là des incertitudes, de là, dans l'interprétation du personnage essentiel, des variations, des contradictions. A ce point que le rôle, avec tout ce qu'il a d'effets sûrs, n'en est pas moins un des plus difficiles du répertoire.

Il n'est plus tout d'une pièce : voilà la vérité ; sans parler d'autres singularités, très propres à tenir l'esprit en suspens : comme l'absence absolue *d'a parte*. Tartuffe n'en a pas un seul ; pas un vers, pas un mot qui révèle ce qu'il pense ; on dirait qu'il évite de se parler de peur de se tromper soi-même. On comprend donc mes perplexités.

Cependant, tenu par métier de me former une idée nette du personnage, je me suis pris à lui comme j'ai pu, j'ai tâté sous son manteau, j'ai cherché, et je ne dirai pas que j'ai trouvé, mais j'assurerai qu'en toute conscience *je crois* que le rôle a passé, lui aussi, par une transformation analogue à celle d'Alceste, devenu, en dépit de Molière, un rôle tragique ; que Tartuffe n'est rien moins que cela ; qu'il était originairement, qu'il devrait être encore un... Ah ! ah ! se récrient déjà tous ceux qui dans mes études sur Alceste et sur Arnolphe m'ont pris pour M. Josse, *un comique*, n'est-ce pas, Monsieur Coquelin? Toujours!

Hé! sans doute. Je n'y puis rien. Je dis toujours la même chose, parce que c'est toujours la même chose ; et si ce n'était pas toujours la même chose, je ne dirais pas toujours la même chose. Pierrot a raison. Molière, même dans *Don Juan*, n'a pas fait de drame, ni dans *Tartuffe*. Et Tartuffe est le personnage comique de la pièce, le *ridicule*, la *dupe*. Oui, il est dupe; et savez-vous pourquoi? Parce qu'il est *sincère;* parce que ce type éternel de l'hypocrisie n'est pas un hypocrite; qu'il est bien réellement ce qu'il se montre, gourmand, sensuel, convoiteux et dévot. Il doit faire rire, j'en suis convaincu, rire de lui, vous m'entendez bien. Et telle est l'intention de Molière; et c'est pourquoi la pièce s'appelle *Tartuffe;* comme il a intitulé les autres *l'Etourdi, les Précieuses ridicules, le Misanthrope, l'Avare, Georges Dandin, le Bourgeois gentilhomme, le Malade imaginaire*, etc., etc., désignant ainsi, dès l'abord, le personnage dont il entend qu'on rie.

On veut aujourd'hui que Tartuffe soit *terrible :* nous discuterons cela tout à l'heure, mais, dès à présent, j'affirme que de cet être terrible Molière n'a pas eu peur et qu'il ne veut pas que nous en ayons peur non plus.

Rappelons l'histoire de la pièce.

Je ne veux d'abord que préciser les dates : nous discuterons après [1].

C'est en mai 1664, à Versailles ; le jeune roi Louis XIV offre, en apparence aux deux reines, sa mère et sa femme, en réalité à La Vallière, ces fêtes de sept jours, les *Plaisirs de l'île enchantée*, demeurées illustres dans la légende dorée des fêtes. Le second jour, Molière donne *la Princesse d'Elide,* qu'il a composée exprès et qu'il n'a pas eu le temps d'achever en vers ; la pièce néanmoins réussit ; le sixième jour, il donne les trois premiers actes de *Tartuffe* : la pièce est interdite.

Ce n'est pas que le roi soit contre : il l'a jugée divertissante et croit que *les intentions de Molière sont bonnes;* tels sont les termes de la *Relation*, pièce officielle ; mais des personnages de marque se sont scandalisés; la reine-mère, Espagnole et dévote, est du nombre ; le roi n'est pas dévot, mais il approuve qu'on le soit ; et l'on a brûlé les *Provinciales* il y a quatre ans.

Ne pourrait-on aussi brûler Molière ? La

[1] Voyez l'édition Despois-Mesnard (*Grands Écrivains de la France*) et l'édition Moland.

chose est proposée, moins de trois mois après, par un certain Roullé, curé de Saint-Barthélemy, en son libelle : *Le roi glorieux au monde,* où il démontre que : *Molière, ce démon vêtu de chair et habillé en homme, mérite le dernier supplice, et le feu même, avant-coureur de celui de l'enfer.* — Remarquons en passant que ceci n'est pas une menace en l'air; on brûlait très bien encore ; c'est cette année même, 1664 ou 1665, que périt ainsi en Grève le poète Claude Petit, pour des vers contre la Sainte Vierge[1]. C'est environ à la même époque que le mystique Morin, livré par Saint-Sorlin, de libertin devenu cafard, endura le même supplice[2]. Le livre de Roullé fut d'ailleurs le chant du cygne de son auteur, mort peu après, hélas ! laissant comme tant d'autres son rêve inaccompli.

Il avait été réprimandé pour son excès de zèle ; mais la pièce restait interdite.

Molière suit le roi à Fontainebleau (21 juillet-13 août), il lit *Tartuffe* au légat du Saint-

[1] Voir Paul Lacroix, préface du *Paris burlesque,* de C. Petit.

[2] E. Despois, *Les Théâtres sous Louis XIV.*

Siège, qui n'y voit non plus rien à dire : l'approbation reste inutile.

Madame désire connaître la pièce; Molière la lui donne — toujours les trois premiers actes — à Villers-Cotterets, le 25 septembre. *Tartuffe* a d'ailleurs la vogue des choses défendues; et comme une certaine liberté d'esprit subsiste encore, tout le monde veut avoir Molière pour le lui faire lire. Il le lit chez Montmor, un gassendiste; il le lit chez Ninon, qui lui raconte l'anecdote des deux cassettes, dont Voltaire fit une comédie plus tard, confiées par Gourville sur le point de s'expatrier par prudence, l'une à un ami, libertin comme lui, et sentant le fagot, qui *rendit* le dépôt plus tard; l'autre, à un dévot, qui le *garda.* Condé enfin, qui, comme on sait, tenu à l'écart par le roi, s'occupait, et fort noblement, des choses de l'esprit, et, selon la jolie expression de mon cher maître E. Thierry « n'ayant plus le champ de bataille, gardait le théâtre pour y décider encore la victoire [1] », Condé à son tour désire entendre *Tartuffe;* la Palatine point convertie encore, et qui, selon son aveu,

[1] *Moliériste*, n° 22.

avait grand'peine à se tenir de rire aux choses de la religion, prête son château du Raincy; et Molière et sa troupe y jouent la pièce *entière*. Le fait est consigné sur le registre de Lagrange; il n'y a pas à en douter[1].

Donc, à la date du 29 novembre 1664, jour de cette représentation mémorable, la pièce est non pas seulement achevée, mais prête, je veux dire sue et répétée.

Le roi a-t-il connaissance des deux derniers actes? On ne sait, mais l'interdit persiste.

Molière écrit *Don Juan*; la pièce est jouée en février 1665; elle suscite de nouvelles colères, et *Tartuffe* reste sous le boisseau. Au mois de septembre suivant, Molière ayant accompli, sur un ordre du roi, ce tour de force de composer, de faire apprendre et jouer en cinq jours une pièce nouvelle: *l'Amour médecin*, Louis XIV l'attache décidément à son service, et la troupe de Monsieur devient troupe royale avec six mille livres de pension. Haute faveur, qui toutefois ne ressuscite pas la pièce condamnée. Justement, vers cette époque,

[1] *Manuscrit de Lagrange*, préface E. Thierry, p. 78.

Condé en réclame à Molière une seconde représentation. Et, chose curieuse ! il lui fait demander si *son quatrième acte est fait*, et s'il pourra le jouer. Molière ayant donné la pièce complète un an auparavant, il s'agit là évidemment d'un *nouveau* quatrième acte ; le remaniement de la pièce est commencé[1].

La représentation a lieu, en cinq actes, le 8 novembre, et toujours au Raincy.

Puis le temps s'écoule ; de nouveaux chefs-d'œuvre sortent des mains de Molière ; il donne le *Misanthrope, le Médecin malgré lui* (1666), *le Sicilien* (1667), il ne donne point *Tartuffe.*

Tout à coup, le roi étant à l'armée de Flandre, le 5 août 1667, la troupe du Palais-Royal joue en public l'*Imposteur*, comédie en cinq actes, dont le héros est un certain M. Panulphe, gentilhomme et homme du monde, fort vilain sire du reste, et dans lequel la cabale reconnaît Tartuffe aussitôt. Et c'est Tartuffe, en effet, sous un autre titre, sous un autre habit ; Tartuffe corrigé, déguisé, Tartuffe puni au dénouement, de par le roi,

[1] *Moliériste*, N° 31, lettre publiée par M. le duc d'Aumale ; n° 32, article de M. Régnier.

dont l'éloge clôt la pièce, et qui, paraît-il, l'a verbalement permise ; car comment Molière, si bien en cour qu'on le croie, oserait-il jouer une pièce sur laquelle pèserait encore l'interdit royal ? Il n'importe : c'est Tartuffe. Le lendemain même, un huissier de la cour, huissier à verge, je suppose, en dépit de l'envie, vient signifier à Molière, au nom du Parlement, l'expresse interdiction de jouer l'œuvre proscrite, et de peur qu'il ne passe outre, les affiches sont déchirées, la salle est fermée et gardée. Il y a évidemment danger public, et monsieur le Président ne barguigne pas avec l'ordre.

Monsieur le Président est ce Lamoignon que nous vénérons au collège, dans les épîtres de Boileau, et dont le *Lutrin* chante les louanges... Vertu sincère, universellement respectée ; ce qui rend impossible autant que bien d'autres causes, la prétendue annonce de Molière à l'occasion de *Tartuffe* : « Monsieur le Président ne veut pas qu'on *le* joue. » Molière cependant ne se rend pas.

Madame, bien disposée pour lui, sollicite et n'obtient rien. Il va lui-même chez Lamoignon et Boileau l'accompagne. Le langage du Président, il faut le dire, ne manqua pas d'élévation. Il rendit justice à Molière, avoua que la pièce pouvait être belle et instructive, mais ajouta que ce n'était pas le rôle des comédiens d'apprendre aux hommes la morale chrétienne et la religion. Il l'ajourna au retour du roi. Molière, nous dit Brossette, resta interdit... et *Tartuffe* aussi[1].

La conclusion de l'entrevue eut pourtant de quoi lui plaire, car elle rappelle de près la comédie. Comme il bégayait sa défense, son défaut de prononciation le reprenant sans doute quand il était ému : « Monsieur, interrompit le président avec aménité, vous voyez qu'il est près de midi; je manquerais la messe si je m'arrêtais plus longtemps. »

> ... Il est, monsieur, trois heures et demie.
> Certain devoir pieux me rappelle là haut
> Et vous m'excuserez de vous quitter si tôt.

C'est ainsi que M. de Lamoignon, séant en son cabinet, joua lui-même à Molière une

[1] *Corresp. entre Boileau-Despréaux et Brossette*, publiée en 1858; citée par M. Mesnard, éd. des *Grands écrivains de la France*.

scène de *Tartuffe*... O puissance de la vérité !

L'ordonnance de l'archevêque de Paris, Hardouin de Péréfixe, portant défense absolue d'assister à la pièce et menaçant Molière d'excommunication majeure, suit de trois jours l'unique représentation. — La bataille s'acharne ; l'Église fait tonner ses canons.

Molière écrit son second placet, où se démêle, sous ses respects habituels, un très noble accent d'indignation ; et il le fait porter au roi par Lagrange et la Thorillière. Le roi fait bon accueil aux comédiens, lit, mais laisse les choses en l'état : il fera examiner à son retour.

Molière est sept semaines sans jouer. Ce n'est que fin septembre enfin que

> reprenant courage
> Malgré la bourrasque et l'orage
> Sur la scène il se fait revoir,

dit la *Gazette* de Robinet.

Un ami inconnu a plaidé sa cause dans la *Lettre sur l'Imposteur*, qui est un panégyrique de l'œuvre et une théorie de la comédie, très digne et très philosophique[1]. Molière, lui, continue à plaider par d'autres pièces; l'année fuit, puis l'année suivante, sans que le roi donne suite à ses promesses; enfin, après *Amphytrion*, après *Georges Dandin*, après l'*Avare*, sans qu'on sache comment ni pourquoi, le roi autorise la reprise de l'œuvre, et sous son vrai nom, signe de victoire; et le 5 février 1669, Molière joue *Tartuffe*, un Tartuffe peu différent du *Panulphe* de 1667, néanmoins retouché encore; la pièce va aux nues; on s'y écrase, le comédien l'emporte et l'Église ne le ressaisira que mort.

En somme donc, cinq ans de lutte et trois révisions successives, voilà l'histoire de notre chef-d'œuvre. Cela suffit pour faire apercevoir par quelles transformations la pièce a dû passer. Nous avons la dernière version. Nous connaissons la seconde, *Panulphe*, par l'analyse qu'en donne la lettre sur l'*Imposteur*. De la première nous ne savons rien.

Malheur irréparable, car ce Tartuffe original, c'était le vrai. C'était Minerve sortie d'un

[1] Publiée dans l'éd. Mesnard.

coup, et tout armée, du cerveau du maître. A-t-on, du moins, faute d'un texte primitif, quelque donnée sur ce que pouvait être cette première pensée ?

Une question se pose tout d'abord. Pourquoi, lors des fêtes de Versailles, Molière ne joua-t-il que trois actes ? La pièce était-elle inachevée ? Ou fut-ce par prudence qu'il laissa les deux derniers dans la coulisse ? Beaucoup tiennent pour cette seconde hypothèse. Je ferai remarquer que la *Relation* des fêtes qui, à ce qu'on croit, dans le passage relatif à *Tartuffe*, fut inspirée, peut-être rédigée par Molière lui-même, dit que le roi « défendit la pièce en public et se priva lui-même de ce plaisir, jusqu'à ce qu'elle fût *achevée* et examinée ».

Et puis, si Molière avait eu en poche toute sa pièce telle qu'elle est aujourd'hui, comment croire qu'il n'eût pas fait avancer tout de suite son cinquième acte, si visiblement destiné, par l'éloge du roi, à sauver le reste ? Molière, nous l'avons vu dans sa guerre de l'*École des femmes*, était en stratégie un partisan de Condé ; il poussait hardiment ; il eut brusqué son affaire pour l'enlever.

D'autre part, il est bien difficile de penser qu'on risque une œuvre comme *Tartuffe* sans l'avoir en main tout entière, et qu'on s'en remette, pour en écrire les parties les plus fortes, sur le plus ou moins de succès des premières : et qu'il eût pu entrer dans la pensée de Molière de laisser *Tartuffe* incomplet, c'est ce que personne ne croira aisément.

Michelet, dont le flair équivaut parfois à la divination, conciliait les difficultés par une hypothèse singulière. Il croyait que les trois premiers actes joués en mai 1664 formaient une comédie pleine et finie, que l'auteur plus tard délaya en cinq actes[1]. Ce n'est peut-être pas si impossible qu'on pense. Cela expliquerait, dans notre pièce actuelle, ces deux actes employés à préparer l'entrée en scène de Tartuffe (habileté que dans sa préface Molière semble présenter comme une correction, en même temps que le changement d'habit de son héros). Cela justifierait Orgon du reproche qu'on lui a fait, lui, si empressé de son Tartuffe, et rentrant de voyage au premier acte,

Histoire de France, éd. Chamerot, t. XIII.

de ne pas l'avoir encore embrassé au troisième. Je n'insiste pas; il y aurait à dire encore, mais l'hypothèse que je propose me paraît plus vraisemblable. Cette hypothèse, c'est que Molière avait sinon achevé, du moins ébauché ses deux derniers actes, mais que ces deux actes n'étaient pas ceux que nous possédons ; que le dénouement était tout différent ; que le roi n'intervenait pas. Qu'en un mot, la comédie était beaucoup plus forte, et que Molière qui, moins hardie, l'eût risquée ébauchée peut-être (comme *la Princesse d'Élide*) en fut rendu plus prudent.

Il est en effet certain que les trois actes qui furent joués différaient des trois premiers actes définitifs. Nous avons là-dessus le témoignage de Molière lui-même et cela suffit. Il y a gros à parier que ces différences s'aggravaient encore dans les derniers. Je l'ai dit plus haut, Molière était brave. En outre, quand il composa *Tartuffe*, c'est-à-dire ou vers la fin de 1663 ou dans les premiers mois de 1664, il était dans toute la chaleur de sa victoire de l'*École des femmes*; il avait, avec la *Critique*, avec l'*Impromptu*, battu les marquis, les pédants, les prudes, les comédiens: il lui restait les dévots à vaincre; et comptant sur Louis XIV, il est probable qu'il ne s'y était pas épargné. Il avait dû donner pleine carrière à sa verve, encore dans sa fleur rabelaisienne (l'*École des femmes* le montre bien) et plantureuse comme *Dorine*; et sans doute elle avait fait bonne chère, comme Panurge en Papimanie.

Croira-t-on que, dans la pièce qu'il lisait chez Ninon, il n'y eut pas un grain d'audace de plus que dans le *Tartuffe* d'aujourd'hui ? Il ne joua la comédie entière que chez la Palatine, incrédule, sur l'ordre de Condé, qui aimait les libertés d'esprit, et qui prononça dans ce temps-là son mot fameux, si spirituel et si profond.

Cependant, que se produisit-il après cette représentation ? Que la pièce resta interdite ; qu'un an après, en 1665, Condé, la voulant revoir, demandait à Molière s'il avait fait le quatrième acte, c'est-à-dire le quatrième acte nouveau, le quatrième acte probablement de la version que Molière appela l'*Imposteur* ou *Panulphe*. Dès la fin de 1665, donc, Molière remaniait son ouvrage.

Il avait fait, dans l'intervalle, une tentative héroïque, il avait donné *Don Juan*.

C'était jouer quitte ou double. Prenant à corps, parmi les gens qui l'avaient attaqué, ceux qui touchaient de plus près au roi, les chefs laïques de la cabale, il avait hardiment fait voir que leur fait n'était qu'hyprocrisie, il avait placé dans leur bouche même l'éloge du vice à la mode, du grand moyen de parvenir, caricaturé le prince de Conti peut-être, les raffinés, les corrompus, athées au fond, et mêlé cette satire à une étrange comédie où lui-même se permettait des libertés inconnues et lançait, dans la scène du Pauvre, ce mot d'humanité qui, sautant par-dessus le siècle, ne devait être relevé que dans le nôtre.

Qu'avait-il espéré ? Qu'ayant joué le ciel, lui aussi, on lui permettrait après de jouer les dévots ? Je ne sais ; mais cette audace ne lui réussit pas. Il fallut mutiler *Don Juan*. Et même, symptôme grave, le roi ne l'alla point voir.

Ceci, sans doute, fit réfléchir Molière.

Il tenait à son *Tartuffe*. Il sentait là le

nœud de son œuvre. Il le reprit et se mit à songer.

Il avait reçu des conseils de Condé. Ninon lui avait dit l'histoire de la cassette. Il utilisa tout cela. Il se dit qu'après tout, pour faire passer un chef-d'œuvre, on peut bien faire au temps des sacrifices ; que l'avenir retrouverait son bien ; qu'

Il est avec le ciel des accommodements;

et il accommoda *Tartuffe* de façon que le XVIIe siècle put l'avaler. Il en fit un laïque.

« *J'ai déguisé ce personnage sous l'ajustement d'un homme du monde; je lui ai donné un petit chapeau, de grands cheveux, un grand collet, une épée et des dentelles sur tout l'habit.* » (Second placet.)

Donc il n'était pas d'abord un homme du monde. Donc il avait un grand chapeau, ses cheveux à lui dessous, et point d'épée ni de dentelles, mais le petit collet. En un mot il était d'église.

De quoi en effet, au lendemain de la représentation des trois premiers actes, le curé Roullé accusait-il Molière? D'avoir commis ce crime de lèse-majesté divine qui va à renier la religion catholique « en blâmant et en jouant sa plus religieuse et sainte pratique qui est la conduite et direction des âmes et des familles par de sages guides et conducteurs pieux ».

C'était donc ce pieux personnage, le *directeur*, le directeur en soutane, qui, échappé aux *Provinciales* parce que tout le monde ne lit pas Pascal, était livré aux risées par Molière, que tout le monde lira! C'était lui que Molière montrait « par l'exemple d'une affaire domestique, passant à s'ingérer dans les affaires les plus secrètes et les plus familières des familles » et mettant en usage les adresses d'Escobar pour capter la fortune de son hôte et caresser dévotement sa femme. Molière avait fait de lui, comme il fait toujours, un type général, un caractère et non une exception. Il arrive rarement qu'un fourbe, introduit dans une famille y occupe la situation de Tartuffe ; il peut arriver tous les jours qu'un prêtre le fasse. Disons un jésuite et n'en parlons plus. Et c'est là ce qu'avait peint Molière : le prêtre, je veux dire le jésuite dans la famille. De là, l'immense *tolle;* il dure encore, car l'Église ne s'y est jamais méprise. Elle sait bien, elle, que Tartuffe n'est pas *homme du monde*, et le déguisement du personnage ne lui en impose pas.

Molière comprit d'ailleurs que ce travestissement ne suffirait pas à blanchir son homme ni ses intentions. Il fallait, pour que Tartuffe passât, le distinguer soigneusement des *célèbres originaux* dont il était la copie générale; protester que bien loin d'avoir voulu peindre le *Père*, directeur et confesseur, le dévot, l'homme d'église, c'était seulement la contrefaçon de tout cela qu'il avait prétendu exposer à nos rires; et il força le type dans le sens de l'exception; il en fit un aventurier sans le sou, un chevalier d'industrie, exerçant sous masque de saint: un fourbe, un scélérat: le *Tartuffe* devint l'*Imposteur*.

Ce changement si grave en amenait d'autres. Molière, selon sa coutume, avait opposé Ariste à Sganarelle. Son Sganarelle étant ici Tartuffe, Cléante en avait été le contraste parfait. Il n'en avait pas fait un *vrai dévot*, preuve de plus que Tartuffe n'en était pas un faux: mais simplement un honnête homme, l'honnête homme qu'était Molière, un esprit philosophe et libre, opposant aux excès qui jettent l'homme hors de la raison l'autorité du bon sens, ami de nature et qui ne dédaignait point la raillerie. Molière retoucha son Cléante ; il le fit plus grave, lui retira la raillerie, lui donna l'indignation ; il lui mit dans la bouche la fameuse tirade, inspirée par Condé et dont celui-ci a fait peut-être le vers :

> Il est de faux dévots ainsi que de faux braves ;

et sans le faire un vrai dévot lui-même (Molière ne s'y résigna pas), il lui fit faire leur éloge en même temps que la satire des grimaciers.

Ensuite, très probablement, Molière remania son intrigue. Le mariage de Tartuffe avec Marianne n'était pas possible dans la première version, Tartuffe étant d'église ; il se bornait sans doute, en vue de la captation rêvée, à faire rompre par Orgon les fiançailles avec Valère. Molière donna à Orgon l'idée de ce mariage ; un moliériste, M. Livet[1], va jusqu'à croire que ce n'est qu'alors qu'il reprit

[1] *Le Tartuffe*, éd. Ch. Livet.

au *Dépit* cette délicieuse brouille des deux amoureux, qui est un hors-d'œuvre sans doute, et qui pourtant semble si utile, et pour nous intéresser à ces enfants et pour jeter sur la situation l'éclat joyeux de Dorine et ses naturelles rondeurs.

Ce que je crois, plus volontiers encore, c'est que Molière refit son dénouement et que c'est dans cette seconde version qu'il eut l'idée de le confier au roi lui-même. L'intervention du roi, cette suprême adresse de l'auteur, n'est nécessaire, en effet, dans la pièce que si Tartuffe est un scélérat,

> un fourbe renommé
> Dont sous un autre nom, le prince est informé,

et si ce fourbe a la maladresse, en livrant la cassette d'Arcas, de s'aller lui-même exposer au regard *ennemi de la fraude*. Pour la donation, le fait seul d'ingratitude peut la rompre. Molière, fort au courant du droit, comme on sait[1], ne l'ignorait pas, et il subsiste un vers qui prouve qu'il y avait pensé, et peut-être s'était servi de ce cas de nullité

[1] Il l'avait étudié à Orléans, selon l'*Élomire hypocondre*.

dans sa première copie ; c'est le vers d'Elmire (acte V, scène v) :

> Ce procédé détruit la vertu du contrat.

Au reste, on a remarqué les traces de hâte que décèle la tirade de l'*Exempt* ; certains ont avancé que Molière n'en avait fourni que le canevas, chargeant quelque ami de la versifier. Je ne crois guère cela : la main de Molière est trop reconnaissable, même dans ses pages les plus rapidement écrites, et la tirade porte sa griffe ; mais elle a été improvisée, tout d'un coup sans doute, et comme une mise en demeure respectueuse au roi, d'avoir à donner quelque efficace à ses promesses de protection.

Qu'était donc l'ancien dénouement ? demandera-t-on peut-être. Hélas ! je n'en sais rien. La malle de Molière a disparu, je vous l'ai dit, comme celle de plus d'un autre, comme celle de ce fou de Cyrano, son condisciple en Gassendi, un vert et original penseur, dont l'*Histoire comique* renferme des pages surprenantes de hardiesse. On ne peut donc former que des hypothèses. On sait, par exemple, que Boileau n'aimait pas le dénouement nouveau ; il en a confié à Brossette un autre, qu'il préférait et qu'il disait de son crû, paraît-il. L'intervention royale était remplacée par une espèce de mise en jugement du traître, à huis-clos, en famille, où chacun déposait et le raillait, et qui finissait par une volée de coups de bâton. Il se peut qu'il y ait là un souvenir du plan primitif de Molière. Congédier Tartuffe à coups de bâton, cela n'est pas déplaisant. Dans la liste des accessoires, qui est du temps de Molière[1], on voit figurer une *batte;* mais dans la pièce actuelle la batte n'a que faire; Orgon en menace bien Damis, mais la tradition ne veut pas qu'il s'en serve. Cette indication reste-t-elle de l'ancienne version ? La batte y jouait-elle au dénouement? Par un *juste retour*, était-ce le fougueux Damis qui l'utilisait sur le drôle? Selon toute apparence, nous ne le saurons jamais.

Il y a une imitation anglaise de *Tartuffe, le Puritain français*, dans laquelle Laurent paraît en scène, et où ce valet, amplifiant sur son maître et amoureux de Dorine comme lui d'Elmire, chante au second acte quelques

[1] Reproduite en note par Despois, *Le Théâtre sous Louis XIV*, p. 414.

couplets épicés qu'il croit au goût de la suivante *forte en gueule*. Ce Laurent donc, au dernier acte, trahit Tartuffe, et rapporte la cassette et les pièces volées par son patron. D'où le dénouement[1]. Il y a là une idée; et la comédie est de 1670 ; elle n'a suivi que d'un an la nôtre, et elle est d'un comédien, Matthew Medbourne, et d'un comédien qui faisait figure à la cour, à cette cour de Charles II, avec laquelle la cour de France était en relations étroites, nos esprits forts échangeant le salut avec ceux d'Angleterre. Ne se pourrait-il pas que cette idée de dénouement fût venue de Paris avec la pièce ? Que ce confrère de Molière l'eût prise au premier *Tartuffe ?* On ne hasarde ces suppositions, j'en conviens, qu'en désespoir de rien connaître. Mais il m'a paru intéressant aussi de constater en passant que, de son vivant même, Molière était adapté en Angleterre ; il a passé le détroit avant Shakespeare : c'est flatteur.

Quoi qu'il en soit, son travail de révision achevé, Molière le fit-il connaître au roi ? Je considère comme probable qu'il lui en lut au

[1] *Moliériste*, n° 26, *les Plagiaires de Molière*.

moins la fin ; et cela expliquerait la permission verbale que donna le maître, un jour de libéralité ou de dépit contre les dévots, qui, à sa barbe et dans sa cour, faisaient poser des grilles aux fenêtres des filles d'honneur.

Molière se hâta de mettre l'autorisation à profit ; et, pour surcroit de précaution, il changea encore le nom de son héros : Tartuffe devint *Panulphe*.

Je ne dirai pas que les deux noms se valent ; il y a dans tous les deux, aussi bien que dans l'*Onuphre* de La Bruyère, et dans le *Montufar* de Scarron, ce quelque chose de fourré et d'en dessous qu'y a signalé Sainte-Beuve ; mais Montufar sent trop sa cafardise ; Onuphre est noir et souterrain ; Panulphe, au contraire, est bonasse ; Tartuffe est le produit de tout cela. Il s'ajuste à l'homme *comme de cire*, eût-on dit alors, et Molière a donné ce nom à l'espèce, comme Adam a nommé les bêtes dans le Paradis quand Dieu les lui amena, pour l'éternité.

Cependant, malgré son habit de gentilhomme, son petit chapeau et son grand collet, Panulphe ne fait illusion à personne, et

M. de Lamoignon le remet sous clef. Le roi, invoqué, dit qu'il fera examiner. L'examen eut-il lieu? Quel en fut le résultat? Ici, nous avons un guide : c'est la *lettre sur l'Imposteur*, qui débute par un précieux compte rendu de l'unique représentation de 1667. En suivant pas à pas ce compte rendu, on constate quelques différences avec notre Tartuffe définitif.

Dans l'exposition d'abord : c'est Cléante qui répliquait à Mme Pernelle et faisait la satire des voisins : Daphné et son petit époux. Molière a donné cette réplique à Dorine; ce qui fait que, trop railleuse pour Cléante, qu'il a fallu pousser au grave, elle est trop relevée pour Dorine. Il y avait une scène à la fin du deuxième acte entre Elmire, Cléante et Dorine, où était résolue l'entrevue de Tartuffe et d'Elmire au troisième acte. Au troisième, Molière a supprimé, après le mot de Tartuffe :

> ... Un homme est de chair,

un long couplet où le saint personnage s'étendait sur cette idée, avec des élans si sincères « qu'il en faisait presque pitié ». Au quatrième acte, autre suppression : après le mot sublime :

> Il est avec le ciel des accommodements.

Panulphe se livrait à « une longue déduction des adresses des directeurs modernes ». Démasqué, il appelait Orgon *son frère* et entrait en matière pour se justifier, ce qui explique le vers d'Orgon :

> Ces discours ne sont plus de saison.

Enfin, au cinquième acte, peut-être y avait-il dans la tirade de l'*Exempt*, quelques menues différences ; et Orgon invectivait Panulphe, sur quoi Cléante le reprenait, souhaitant que le fourbe fît pénitence. Voilà, je crois, tout ce qu'on peut relever[1].

Ces changements ont leur valeur, notamment ceux qui portent sur le rôle de Tartuffe; mais on pourrait soutenir qu'ils furent surtout œuvre d'art et de convenance; ils ne sont plus des *déguisements* : aussi Molière n'en a-t-il

[1] Voir E. Thierry, *la Seconde interdiction de Tartuffe*, et *la Lettre sur l'Imposteur*, dans l'éd. Mesnard.

pas parlé ; ils lui ont aussi peu coûté que les premiers lui avaient été sensibles.

Ce ne sont pas non plus des retouches de cette nature qui peuvent avoir touché l'esprit du roi : s'il a permis l'œuvre en 1669, après avoir maintenu la défense dix-huit mois encore, d'autres raisons évidemment se sont jointes à ces satisfactions telles quelles. On a cherché ces raisons, et ici encore, on a fait des hypothèses.

On a dit qu'il permit *Tartuffe* (février 1669) *parce que* la paix venait d'être rétablie dans l'Église. La « paix de religion » est effectivement de la fin de 1668, et Port-Royal, après un semblant de soumission, avait reçu un semblant d'amnistie.

Parce que me semble hardi ; *quoique*, me paraîtrait plus juste. Singulière façon de célébrer sa paix avec l'Église que de lui offrir *Tartuffe* pour épingles du traité ! Je crois bien qu'il faut l'entendre autrement : et que le roi rouvrit par *Tartuffe* la campagne contre les dévots, mais contre ceux qu'il y voyait, c'est-à-dire contre les jansénistes.

Non que je souscrive à toutes les assertions de M. Lacour, dans son curieux livre : *Le Tar-*

tuffe par ordre de Louis XIV. Dans l'impartialité de son observation, Molière, sachant qu'au fond toutes les Églises se ressemblent, prit dans les deux camps pour former son homme. Il se trouva que chacun y vit son adversaire. Cela prouve la ressemblance. Les jansénistes y reconnurent un jésuite ; les jésuites y démêlèrent un janséniste. On avait raison des deux parts. Louis XIV qui, à ce moment, détestait les nouveaux hérétiques plus que les protestants mêmes, Louis XIV y fut pris. Ce *critique* zélé qui *contrôlait* tout, sortait pour lui de Port-Royal. Il n'était pas pour cela besoin de le revêtir du « pourpoint prétentieusement sombre » des sectaires d'Arnauld. Et, sans tactique préconçue, entre les hommes sombres et les hommes noirs, Molière passa.

On voulut même, comme pour le *Misanthrope*, trouver l'original de *Tartuffe ;* et l'abbé Roquette, à ce qu'assure Mme de Sévigné, demeura toute sa vie affublé de ce nom. Il le méritait doublement, ayant été des deux partis. Molière, dit-on, eut, des ennemis de l'abbé, des mémoires où il puisa. On va jusqu'à préciser : la scène du quatrième acte se serait passée entre l'abbé et Mme de Longueville. Elle dut alors finir autrement qu'avec Elmire ; et, toute convertie que fût alors la fringante duchesse, je doute fort qu'elle eût refusé ce qu'on lui demandait pour l'amour de Dieu. Mais ce sont là des balivernes.

L'école du *document humain*, c'est-à-dire du fait divers, ne florissait pas alors. Molière puisait en pleine pâte et ne bornait pas son étude à l'homme, à l'individu. Et Tartuffe est légion, nous le savons que trop. Il est jésuite par sa doctrine, janséniste par ses emportements contre le monde, les femmes, la toilette, piège du diable. Comme Arnauld d'Andilly toutefois, « il a plus d'envie de sauver une âme qui est dans un beau corps qu'une autre ». Seulement, quand il aime, ce n'est pas comme Arnauld d'Andilly aimait la princesse de Guéménée « purement spirituellement », dit Retz. (Ces deux adverbes joints font admirablement.) Tartuffe aime, lui aussi ; mais son amour, comme son Dieu, se fait chair.

Si Molière passa, d'ailleurs, il se fit, en compensation, d'impitoyables ennemis dans les deux armées en présence. De *Tartuffe* date sa rupture avec les jésuites, qui jusqu'alors, n'avaient pas eu le courage de le damner. Un des leurs, demeuré tendre à son égard, a écrit son panégyrique[1]. Les bons pères qui ont élevé Corneille et (bienfait inestimable) Voltaire, les bons pères aimaient le théâtre, composaient des pièces qu'ils faisaient jouer entre eux et, entre temps, permettaient aux enfants, leurs disciples, d'aller voir certains spectacles honnêtes, comme le brûlement des hérétiques en Grève, mais des hérétiques seulement. A l'occasion de *Tartuffe,* ils tonnèrent. Et leur orateur ne fut pas moins que Bourdaloue, qui renouvela en chaire les anathèmes du curé Roullé : la forme est meilleure ; le fond n'en vaut pas mieux.

Quant aux jansénistes, ils étaient brouillés par principe avec les spectacles. Nicole ne fit que répéter le prince de Conti. Le livre du prince[2], paru après sa mort (1666) courait mamanuscrit auparavant; s'il ne s'attaque pas à *Tartuffe*, pas encore joué, il prend à partie

[1] Le P. Maury. *Moliériste*, n° 17. C'est aussi un jésuite, le P. Bouhours, qui fit sa meilleure épitaphe.

[2] *Le Traité de la comédie et des spectacles*, publié sans nom d'auteur. — Biblioth. de l'Arsenal.

l'*École des femmes* et surtout le *Festin de Pierre*, école d'athéisme, « où après avoir fait dire au maître, qui a beaucoup d'esprit, toutes les impiétés les plus horribles, l'auteur confie la cause de Dieu à un valet, à qui il fait dire, pour la soutenir, toutes les impertinences du monde ». Le reproche n'est pas sans quelque fondement. On sent d'ailleurs que le prince les a fort aimés, ces spectacles qu'il condamne, et, pour tout dire, aimés sans grand discernement; car il affirme que l'amour, avec toutes ses langueurs, ses passions et ses délicatesses, est tout ce qu'on cherche dans les tragédies; qu'on n'écoute pas le reste; que dans le *Cid*, le récit de la bataille est fort ennuyeux; que dans *Cinna* on n'admire pas la clémence d'Auguste, mais les tendres choses que Cinna dit à Émilie, etc., etc. Corrompre l'imagination, infecter les mœurs, ce sont les moindres crimes de la tragédie, s'écrie-t-il. Hélas! ce n'est plus guère cela qu'on reproche à la tragédie; c'est plutôt par esprit de pénitence qu'y vont les contemporains de l'opérette.

Il y a dans ce livre bizarre 240 pages de citations des « pères », tous abominant les spectacles, « source de tous les crimes », déclare saint Charles Borromée, « aussi coupables, certifie Tertullien, que les crimes mêmes qu'ils représentent». Une chose surtout paraît exécrable à M. de Conti. C'est cette avarice des comédiens, cette concupiscence qui les porte à jouer leur comédie le dimanche ! Oubliant, les malheureux, cette parole de saint Augustin, que celui qui danse le dimanche fait encore un plus grand péché que celui qui laboure la terre. Hélas ! ces comédiens qu'il excommunie, tout comme s'il s'appelait Hardouin de Péréfixe, ces comédiens étaient alors pourtant de fort convenables chrétiens. Ils pratiquaient. Ils ne jouaient le dimanche qu'après avoir assisté aux offices et quand vêpres étaient dites. Ils fermaient quinze jours à la Passion, pour suivre assidûment les sermons et entendre Bourdaloue.

Quant à la charité, qui est de la religion ce que les comédiens n'oublieront jamais, la leur était inépuisable; il n'était troupe de campagne, si gueuse qu'elle fût, qui ne jouât sa plus belle pièce pour donner sa recette entière aux hospices des villes où elle était de passage. Madeleine Béjart fondait des messes par testament ; Molière avait un confesseur attitré, l'abbé Bernard, qui lui avait fait faire ses pâques l'année même avant sa mort[1]. Et tout cela n'empêcha pas Bossuet de s'écrier :

« La postérité saura *peut-être* la fin de ce comédien qui en jouant le *Malade imaginaire* reçut la dernière atteinte de la maladie dont il mourut peu d'heures après, et passa des plaisanteries du théâtre au tribunal de celui qui a dit « Malheur à vous qui riez, car vous pleurerez ! »

Quand Bossuet prononça ces paroles féroces, il y avait vingt ans que Molière était mort. Les haines d'église ont la dent tenace. Il y avait vingt ans qu'un archevêque de Paris avait refusé à Molière « le doux, l'alme, le désiré baiser de la terre ». (Rabelais.)

Et qui était cet archevêque? ce Péréfixe qui l'avait excommunié en 1667, vieux et respecté? Point. Mais Harlay de Champvallon, sur qui l'on avait fait, du temps qu'il administrait à Rouen, une chanson dont voici un couplet[2] :

[1] E. Despois, *Le Théâtre sous Louis XIV*. L'acteur Rosimond fit une *Vie des Saints*.

[2] Les autres sont dans Despois, au livre cité.

Le pasteur qui nous gouverne
Suit l'amour toute la nuit,
Et traite de baliverne
La défense du déduit.
Jamais il ne s'en confesse...
Il n'en dit pas moins la messe...
Il fait tout ce qu'il défend,
L'archevêque de Rouen.

Et sur qui l'on fit cet autre[1] :

Notre archevêque de Paris,
Quoique tout jeune a des faiblesses,
Et crainte d'en être surpris
S'est retranché sur ses maîtresses.
De quatre qu'il eut autrefois
Le prélat n'en a plus que trois.

Précaution inutile d'ailleurs, car ce prêtre, qui avait deux raisons pour excommunier le grand comique, étant archevêque et académicien, ce chrétien qui, selon la forte parole de Sainte-Beuve, *mit en peine les os de Molière*, mourut d'apoplexie entre les bras d'une de ses belles. Il est vrai qu'il avait soixante-dix ans.

[1] Sainte-Beuve, *Port-Royal*, t. III.

Revenons à l'autre Tartuffe.

Qui est Tartuffe? D'où sort-il? Comment et pourquoi s'est-il introduit chez le bonhomme Orgon? Sur ces points importants nous ne sommes renseignés que par le récit d'Orgon :

Ah! si vous aviez vu comme j'en fis rencontre...

Récit délicieux, mais qui ne nous apprend guère que ce que Tartuffe a voulu que nous croyions. Toutefois, en le rapprochant de quelques vers de l'Exempt et d'autres traits épars dans la pièce, voici à peu près comment nous pourrons nous représenter le prologue de *Tartuffe*, du *Tartuffe* au moins de la troisième version.

Notre homme est récemment arrivé à Paris. Il est venu par le coche en assez piteux équipage; l'habit rapiécé, les souliers troués, marchant sur la *chrétiennneté*, comme on dit populairement. Quel habit d'ailleurs? Celui sans doute des cadets de famille pauvres, qu'on destinait aux ordres. La culotte et la soutane que portaient chez les grands, leurs hôtes, les hommes de lettres domestiqués, Cureau de la Chambre chez le président

Séguier, Sarazin chez le prince de Conti. Un valet le suivait, de mine truculente et béate, semi-sacristain, semi-truand, en souquenille, les cheveux gras, le crâne pointu. Sortaient-ils de quelque couvent? S'évadaient-ils de prison? Le bon Tartuffe avait-il eu, en quelque paroisse de Périgord, une première aventure avec une Elmire provinciale mariée à quelque butor, et avait-il dû s'éloigner par prudence? Nous ne savons; mais à le voir débarquer, suivi de son Laurent, dans certaine hôtellerie borgne du voisinage, il nous semble voir les frères quêteurs de Le Sage, cachant sous la bure Raphaël, le fils de la comédienne, et son fidèle Ambroise de Lamela.

A peine à Paris, Tartuffe s'informe. A son hôte? Peut être. Plus probablement à quelqu'un de la confrérie; à ce benoît M. Loyal, je suppose, affilié comme lui, et par état au courant des affaires et des honnêtes maisons du voisinage. Près de là, justement, loge Orgon, dont M. Loyal servit honnêtement le père.

C'est un personnage considérable, de la haute bourgeoisie, je pense, ou noble de robe; il est du Parlement ou des Conseils, ce dont fait foi sa large barbe, et, comme M. de Harlay, il a montré durant la Fronde un beau courage et rendu des services. Pour l'heure, encore que vieillissant, il vient de se remarier à une jeune fille de qualité, ce qui a amené dans la maison, fort sévère du temps de la première femme, un grand train de vie et un fracas de visites, dont la rue est bruyante et cause. Jaloux de son autorité, mais bonhomme au fond, et point difficile à mener, Orgon souffre à sa femme ces conversations à la mode et les collations et les bals qui s'ensuivent communément. La maison est riche et bien montée. On y vivrait grassement. Tartuffe en sait bientôt les êtres. Il y a un fils, cela est fâcheux; mais un fils petit-maître, vif, éventé, qui donne dans le monde et la dépense; on en viendra à bout; la fille est discrète et parle doux; une fille suivante, bien en point, la gouverne; un certain beau-frère, qui tranche du prud'homme; est peut-être à considérer; mais on aura contre lui, pour alliée fidèle, la grand'mère, une bourgeoise du bon temps, brusque et grouillante, dévote à souhait, parlant ferme et tout son soûl, reprenant, grondant, la tête près des coiffes et la main haute. Orgon, comme elle, pratique rigoureusement. Décidément, c'est le ciel qui a adressé là Tartuffe : et, rendant grâces au ciel, Tartuffe dresse ses batteries.

Où? A l'église, naturellement. Il y va, s'agenouille près d'Orgon, et ses soupirs, ses grands élancements, l'ont bientôt signalé à l'admiration du bonhomme. Ces saintes exagérations n'offrent rien d'insolite, on est dans un moment d'outrance. Est-il besoin de rappeler Pascal ? Et M. de Rancé vient de fonder la Trappe. D'ailleurs, Tartuffe verse de vraies larmes ; et Orgon, sans défiance, considère, attendri, ce vêtement misérable, où brille un si parfait détachement des choses de ce monde. L'office achevé, Tartuffe, en grande promptitude, devance Orgon à la sortie et lui tend l'eau bénite : délicat hommage à la qualité du bonhomme, et à sa réputation de piété. Puis, de tirer sa révérence et de s'éloigner, son Laurent clochant dans son ombre. Orgon, touché, veut connaître ce dévot personnage ; il s'adresse au valet qui a sa leçon faite. — Oh ! Monsieur, dit l'onctueux Laurent, un saint! un homme, ah!... un homme enfin. Et ne vous y trompez pas : il est de naissance; il avait au pays terre et château, fief de haubert, monsieur, mais que voulez-vous ? Un homme qui ne pense qu'au ciel, qui ne s'occupe que de son salut ! On l'a ruiné, on a abusé de sa simplicité d'âme. S'en est-il aperçu seulement ? Il est si heureux de se mortifier ! C'est moi qui ai soin de sa haire, monsieur, et, quand il se donne la discipline (tous les jours, à trois heures et demie), s'il est las, c'est moi qui le reprends. Je n'ai pas d'autres gages, mon bon monsieur; je le sers pour l'amour du bon Dieu. Il n'a pas un denier vaillant, et, comme le prophète Élie, il attend des corbeaux sa subsistance.

Orgon fouille aussitôt à sa poche, il met dans la main de Tartuffe, discrètement, un don qui le fait protester aussitôt; et, sans ouvrir les doigts pour voir : C'est trop, dit-il.

> . . . C'est trop de la moitié.
> Je ne mérite pas de vous faire pitié. . .

Et, comme Orgon refuse de reprendre rien, à ses yeux il le va répandre aux pauvres.

Ah ! cet homme-là n'aura jamais un sol... N'est-ce pas conscience aussi qu'une vertu si parfaite dépende de la merci d'un hôtelier, qui peut bien ne pas se payer de prières et le faire coucher à la belle étoile? Orgon lui offre sa maison. Tartuffe lui fait la grâce de consentir.

Voilà comment au lever du rideau, nous le trouvons dans la place, où le maître ne voit plus que par ses yeux.

Il l'appelle son frère et l'aime dans son âme
Cent fois plus qu'il ne fait mère, fils, fille et femme ;
C'est de tous ses secrets, l'unique confident
Et de ses actions le *directeur* prudent.

Il s'est mis au point depuis qu'il a le vivre et le couvert assurés; il a quitté son « habit de six deniers ». Comment à présent vous le figurez-vous dans cette maison où le voilà si triomphalement impatronisé?

Dans un joli morceau qui a fait fortune, Gautier nous le représente « agréable de sa personne, le teint frais, l'oreille rouge, les mains belles et grasses, avec un petit commencement d'embonpoint dévot. Il était, nous en sommes sûr, fort propre sur soi, vêtu d'étoffes fines et chaudes, mais de nuances peu voyantes, noires probablement, pour rappeler la gravité du directeur, une calotte de maroquin sur le haut de la tête, comme en portent les personnages austères de son temps; l'air d'un homme du monde qui se retire du siècle et donne dans la dévotion. Son rôle, ajoute l'imaginatif critique, n'est pas du tout un rôle comique; il serait aisément terrible et il l'est un moment, malgré les efforts de Molière pour modérer la situation... Tartuffe est l'athée en rabat noir ».

Il y a dans cette page, d'un si excellent style, presque autant d'erreurs que de mots. Ce n'est pas le Tartuffe de Molière que nous dépeint là l'exquis romancier. C'est bien plutôt l'Onuphre de La Bruyère, et l'on sait qu'en traçant le caractère d'Onuphre, le moraliste eut la prétention grande de reprendre Molière et de critiquer son personnage.

« Onuphre, dit-il, est habillé d'une étoffe fort légère en été et d'une autre fort moelleuse en hiver. Il porte des chemises très déliées qu'il a très grand soin de cacher. Il ne dit point: Ma haire et ma discipline; au contraire. Il passerait pour ce qu'il est, pour un hypocrite, et il veut passer pour ce qu'il n'est pas, pour un homme dévot. Il est vrai qu'il fait en sorte que l'on croie, sans qu'il le dise, qu'il porte une haire et qu'il se donne la discipline. Il ne cajole point la femme de son hôte... Il n'emploie point surtout pour la séduire le jargon de la dévotion : ce n'est point par habitude qu'il le parle, mais avec dessein et selon qu'il lui est utile et jamais quand il ne servirait qu'à le rendre très ridicule... Il ne pense point à s'attirer une donation générale de tous les biens de son ami, s'il s'agit surtout de les enlever à un fils... Un homme dévot n'est ni avare, ni violent, ni injuste, ni même intéressé. Onuphre n'est pas dévot, mais il veut être cru tel, etc... »

Voilà, au sens de La Bruyère, l'hypocrite parfait, avisé, prudent, ne laissant jamais transpirer ses voies, marchant à pas calculés et toujours couvert de son voile, jamais comique, ne se trahissant jamais, aisément terrible, par conséquent : c'est bien le personnage de Gautier. Mais La Bruyère a raison ; ce n'est pas celui de Molière. Et pour une bonne raison d'abord : c'est que ce ne serait pas un personnage de comédie, ni même de théâtre. Une telle conception vous fournira, à vous, poète, une page charmante; à vous, philosophe, un portrait finement et curieusement écrit; mais une action, une situation, point. Il faut au théâtre des gens qui se laissent prendre; il en faut qui vivent, et votre homme, tout en dedans, ne vit pas.

Tartuffe vit, lui, et largement. Au physique, c'est Du Croisy qui le jouait. Les contemporains ont noté avec quel soin Molière confiait ses rôles aux comédiens extérieurement les plus propres à en rendre l'esprit. Il tirait un merveilleux parti de leur physionomie personnelle, de leurs habitudes de corps, de leurs infirmités même : il y a donc là un sûr indice des volontés du maître. Eh bien ! Du Croisy était un gros homme, de belle taille, de bonne mine et très plaisant. C'était, des comédiens de la troupe, celui qui avait le jeu le plus en dehors.

Au reste, le texte est là : Dorine ne se lasse pas de nous peindre l'homme, et vous savez si elle a la touche grasse : Tartuffe a le *teint frais*, tirant sur la *fleur*, la *bouche vermeille*, et beaucoup plus qu'un petit commencement d'embonpoint; il est *gros* et *gras* : attendez un peu, Molière dirait entripaillé. Nullement sinistre, comme on voit. Bel homme ! il en faut rabattre quelque chose : Dorine le dit *bien fait;* mais c'est qu'elle raille : elle l'a assimilé plus haut à certains maris *faits d'un certain modèle*, et plus bas, elle va dire :

Il faut qu'une fille obéisse à son père,
Voulut-il lui donner un singe pour époux.

S'il était si bien fait, du reste, elle ne lui lâcherait pas la fameuse apostrophe :

Et je vous verrais nu du haut jusques en bas...

Tartuffe est donc un gaillard bien en chair et qui profite comme il faut des consolations de Dieu et de l'hospitalité d'Orgon. *Il mange autant que six*. On en peut juger par son souper :

... Fort dévotement il mangea deux perdrix
Avec une moitié de gigot en hachis.

Ce substantiel repas, que l'aspect de la femme aimée (*il soupa, lui tout seul, devant elle*) n'a nullement dérangé, bien qu'elle fût fort souffrante, le prédispose à un bénin sommeil, qu'il goûte sans trouble jusqu'au lendemain, signe d'estomac et de bonne conscience. Au déjeuner suivant, *quatre grands coups de vin* lui refont le sang et les idées. Aux applaudissements d'Orgon, qui le fait asseoir au haut bout de la table, il s'empiffre généreusement des bons morceaux qu'on lui cède.

Le preniez-vous pour un abbé de cour, faiseur de petits vers, tenant la mouche au bout de son doigt mouillé, et visant le sein d'Églé? à d'autres. Tartuffe n'a point de ces délicatesses. Il voile le sein de Dorine; il n'est point bon, quand on cause, d'avoir de pareils objets à portée de la main. Quant aux mouches, vous savez ce qu'en fait Laurent, Laurent son garçon, reflet grossissant du maître.

Non, Tartuffe n'est point homme du monde, encore moins abbé de cour. Je le vois gras, rasé, lippu, de bonnes bajoues, le sourire béat et le sang un peu à la tête. Je crois bien qu'il prend du tabac, et pas à petites doses, en se becquetant le nez de l'index

7

et du pouce, mais en homme qui n'est point honteux, comme il fait tout, pieusement, copieusement.

C'est qu'il n'est point du tout non plus l'*hypocrite parfait* que voudrait La Bruyère. Quoi, ni avare, ni violent, ni injuste, ni sensuel sans doute ! Mais l'Oreste de Guimond Latouche dit dans *Iphigénie* :

Pour être criminel me crois-tu sans vertu ?

Tartuffe aurait le droit de vous dire :

Pour être un scélérat, me croyez-vous sans vices ?

Relisez le texte, je vous prie, vous l'y verrez ce qu'il est : altier, dominateur, contrôlant, critiquant, tempêtant contre les visites, jaloux ouvertement d'Elmire, fier avec tous, prudent avec Orgon seulement, car il y va des intérêts du ciel. Lui, s'observer, prendre des tempéraments, faire des concessions !

Abîmons tout plutôt, c'est l'esprit de l'Église.

Oh ! non, il n'est point sans vices, et il ne craint pas de donner carrière à ceux qu'il a, car il a Dieu dans sa manche (je dis dans sa manche, et non dans ses manchettes). Il s'est entendu avec le ciel pour s'en passer l'usage; ils ont fait un accommodement. Cela est de l'hypocrisie, direz-vous. Mais pas le moins du monde. Le voulez-vous, comme Gautier, athée en rabat noir? Vous faites confusion: l'athée, l'hypocrite, c'est Don Juan. Molière ne se répète pas. Tartuffe athée! non pas; il est mystique. Grattez-le: vous vous en apercevrez bien vite. Tartuffe croit. Il croit si bien, qu'il enverrait sans remords des hommes à l'auto-da-fé, lui qui s'accuse d'avoir tué une puce avec trop de colère. (Il aurait pu, en effet, la faire souffrir longuement, pourvu qu'il l'eût d'abord offerte à Dieu.) Je le répète, il est sincère.

Mais sa doctrine, me direz-vous?

> Selon divers besoins, il est une science
> D'étendre les liens de notre conscience.

Eh bien! c'est la doctrine jésuitique. Croyez-vous que tous ces jésuites aient été de malhonnêtes gens? Ceux même qui ont émis ces maximes, pensez-vous que de propos délibéré ils aient voulu fournir un code à la scélératesse? Erreur. Il y en a eu de convaincus. Escobar était honnête homme. Il avait la foi. Tartuffe aussi. Il croit réellement dans sa *science*. C'est sur lui-même qu'il a expérimenté l'art de lever les scrupules. Il n'en a plus, ayant pour but la plus grande gloire de Dieu. Il a commencé par se persuader lui-même. Eloquent, du reste; ce jargon dévot est une belle langue, et si Tartuffe la parle à Elmire, c'est qu'il se la parle à lui-même : c'est qu'il n'en a plus d'autre. Sa conscience a subi une déviation particulière et ce grand dupeur est sa première dupe.

Profondément humain en cela, mes frères! Qui de nous n'a ses capitulations de conscience? Qui de nous n'est Tartuffe à ses heures, et ne cherche pas de ces accommodements, dont nous ne rougissons pas toujours ensuite? Tout l'art du jésuite a été de les réduire en un petit nombre de maximes, propres à toutes les circonstances de la vie, faciles à suivre, et dispensant l'homme de penser, ce qui est le grand but. Il y a marché passé: on se charge, moyennant quelques recettes très claires, de nous rendre heureux, dans l'autre vie, cela va de soi, mais dans celle-ci d'abord, par la satisfaction donnée à nos penchants; il n'y a qu'une condition, c'est que nous nous laissions faire. Le conseil de l'ordre pensera et gouvernera pour nous. N'est-ce pas là œuvre pie? La fin, c'est le règne des saints. Cela justifie bien des moyens, je pense. Tartuffe s'est identifié avec Dieu. Comment se refuserait-il quelque chose? Tous les mouvements qui s'élèvent en lui sont sanctifiés par cela même; il ira donc droit devant lui, souriant et béat, sur les ruines de la famille; il mangera en conscience, il dormira sans trouble; redoutez-le d'autant plus qu'il est sincère, et comme le dit superbement la satire de Du Lorens:

> Gardez-vous bien de lui, les jours qu'il communie.

On comprend ce que le personnage, vu ainsi, — et je crois que c'est ainsi qu'il faut le voir, — offre de perspectives comiques. Mais ce n'est pas tout; c'est par cette sincérité même, qu'on lui a déniée si mal à propos, que Tartuffe offre prise et qu'il devient, comme ne le voudrait pas La Bruyère, *très ridicule.*

Comme il croit à sa science, il en tire vanité; il se flatte, le fat, et comme il arrive à qui s'en croit, méprise trop le commun des hommes, et s'expose à donner, par trop de confiance en lui, dans le piège le plus grossier. Et c'est ce qui lui arrive en effet; et c'est la revanche du paradis perdu, le serpent est trompé par la femme.

Analysons cette histoire et voyons si quelque trait contredit mon interprétation! Cela commence par l'aveu du troisième acte. Tartuffe est seul avec Elmire, il ne se sent pas d'aise et impatiemment, commence l'attaque et s'accorde sur les félicités qu'il espère, certains à-comptes de la façon de Panurge : « Et cet ouvrage est-il de Flandre ou de Hainaut? »

Mon Dieu! que de ce point l'ouvrage est merveilleux!
On travaille aujourd'hui d'un air miraculeux...

Le comédien aurait tort, c'était le tort d'Auger, de faire ici un satyre; il y a bien quelque hâte, mais plutôt de curiosité, curiosité de confesseur ; Tartuffe confesse le fichu d'Elmire, voilà tout.

Il ne perd pas de temps du reste, et dès qu'on lui parle de ce mariage avec Marianne :

> Ce n'est pas le bonheur après quoi je soupire...

Et, avec une suavité digne de sainte Thérèse, il fait sa déclaration d'amour à Dieu dans la personne d'Elmire, car

> ... je n'ai pu vous voir parfaite créature,
> Sans admirer en vous l'auteur de la nature,
> Et d'une ardente amour sentir mon cœur atteint,
> Au plus beau des portraits où lui-même il s'est peint.

Il a craint d'abord qu'il n'y ait là surprise du Malin, et il a jeuné, prié, pleuré... mais ses yeux sont dessillés. Qui serait condamnable d'adorer ces regards divins, cette *ineffable* douceur, cette splendeur plus qu'humaine? Il a eu une révélation. Cet amour parfait peut *s'ajuster avecque la pudeur*, c'est une pure dévotion... qui ne demande qu'à passer à la célébration des mystères. Il sent toutefois que sa chère sœur a besoin d'être rassurée. Elle n'est pas instruite, comme lui, des ressources infinies qu'offre l'amour de Dieu. Il la mettra au fait plus tard; en attendant, avec douceur, il lui promet le silence. Il n'est point de ces galants de cour, dont la langue indiscrète

> Déshonore l'autel où leur cœur sacrifie.

Sacrilèges! Tartuffe, lui, n'aura garde; avec lui point de bruit; des faits: l'autel peut être tranquille; il ne dit que des messes basses; et il se penche à l'oreille d'Elmire, plus onctueux que jamais, avec le regard de côté de ses yeux dévots, ses lèvres grasses troussées par un sourire d'intelligence, et il promet

> De l'amour sans scandale et du plaisir sans peur...

Dans tout cela l'intention comique est évidente; elle éclate dans le contraste entre cette langue angélique et le gaillard au teint de rubis qui la parle; dans l'inaltérable confiance avec laquelle il offre son cœur, dans cette naïveté de prêtre avec laquelle promettant du plaisir, du plaisir sans crainte, il se croit dès lors irrésistible; dans l'admirable choix des mots et des rimes : car quoi de plus drôle que ces expressions : *les vains efforts de mon infirmité, les tribulations de votre esclave indigne*, et cette fin de déclaration :

Et je vais être enfin, par votre seul arrêt,
Heureux si vous voulez; malheureux s'il vous plaît;

dont la dernière syllabe ne peut pas se dire autrement que la bouche *bée?* Enfin, comme si Molière avait voulu souligner ses intentions, n'a-t-il pas introduit là un vers de parodie pure, ce vers exquis :

Ah! pour être dévot je n'en suis pas moins homme!

qui suffit, à lui seul, à donner la caractéristique du rôle.

Poursuivons :

Damis a entendu : et — que cela est bien jeune homme! — il ne réfléchit pas au ridicule que l'aventure va jeter sur son père; il n'y voit qu'une occasion de se débarrasser de Tartuffe; il ne veut pas écouter Elmire, il est au *comble de la joie*; il veut se satisfaire et *régale* son père de la nouvelle toute fraîche. La sage Elmire se retire; voilà les trois hommes en présence.

Orgon :

> Ce que je viens d'entendre, ô ciel! est-il croyable?

Que va alléguer Tartuffe pour sa défense? Rien. Il ne se défend pas. Il s'accuse, au contraire : non pas (notez-le bien) du crime qu'on lui reproche, mais de tous les crimes sans exception. Il ne dit pas : « Oui, j'ai tenté de séduire votre femme; » mais : « doutez-vous que j'en sois capable? Je suis capable de tout! Je suis

> ... « un méchant, un coupable,
> Un malheureux pécheur... »

Ce *malheureux pécheur*, quel trait de génie comique! je garantis qu'à ce mot la larme vient à l'œil d'Orgon : lui aussi est un *malheureux pécheur*, nous sommes tous de *malheureux pécheurs* devant l'Éternel, seulement nous n'avouons pas. Ce bon Tartuffe avoue, lui; que de candeur! Il ajoute même qu'il est un scélérat... Ah ! décidément ! c'est un saint !

> ... Traître ! oses-tu bien par cette fausseté
> Vouloir de sa vertu ternir la pureté ?...

Et Orgon menace son fils ; et vivement Tartuffe prend la défense du jeune homme : « Non, vous feriez mieux de le croire, je vous assure...

> Savez-vous après tout de quoi je suis capable,
> Vous fiez-vous, mon frère, à mon extérieur.
> Et pour tout ce qu'on voit, me croyez-vous meilleur ?
> Non, non, vous vous laissez tromper par l'apparence
> Et je ne suis rien moins, hélas ! que ce qu'on pense...
> Tout le monde me prend pour un homme de bien,
> Mais la *vérité pure* est que je ne vaux rien.

Plus vous direz cela d'un ton convaincu, pénétré, plus vous me ferez rire, et si vous ne me faites pas rire dans ce passage, je dis que vous désobligerez Molière.

Car ce que fait ici Tartuffe en exposant la vérité pure avec tant de franchise, c'est la satire des confessions générales ; c'est la charge de l'humilité chrétienne, c'est la caricature de l'Évangile. Il tend l'autre joue, tend tout ce qu'on voudra ; il s'est dit : « Je vais me mortifier ». Et il emploie les injures, l'ignominie, la discipline, puisque c'est à ce prix que le bon Dieu met ses indulgences.

Sincère en protestations — comme l'était Louis XI, qui fut bonhomme aussi, quand il se mettait à genoux devant la bonne Vierge de plomb attachée à son chapeau, et qu'il lui demandait avec larmes la permission de commettre encore un petit crime, plus rien qu'un et tout petit, le meurtre de son frère, je suppose ; promettant pour la peine un gros cierge de cire ou une chape neuve : que voulez-vous! on croit ou on ne croit pas. Tartuffe a des convictions de ce genre. Il fait pénitence avant la faute pour que Dieu, touché, la lui permette comme une récompense.

Et peu s'en faut qu'Orgon ne la lui permette tout le premier ; car après avoir maudit, chassé, déshérité son fils, ne se repentant que de ne pas l'avoir assommé sur la place, le bonhomme qui ne veut pas que son Tartuffe s'éloigne, de peur d'en mourir, exige qu'il voie sa femme à toute heure, en tout lieu, au nez de tous ; il irait volontiers jusque à les enfermer ensemble, pour faire enrager le monde. Et il couronne le tout par la donation de ses biens; ce que Tartuffe accepte bénignement, rapportant à Dieu l'aubaine....

La volonté du ciel soit faite en toutes choses!

mais ne se croyant pas plus obligé de faire la petite bouche qu'à table, quand il loue Dieu que le gigot soit excellent, si bien qu'Orgon croit l'y revoir et s'écrie encore : « *Le pauvre homme !* »

Tout ce troisième acte est incomparable ; je le considère comme ce qui reste le plus entier de la première version. Le vrai Tartuffe y éclate de toutes parts. C'est l'Église tout entière à sa proie attachée.

De telles œuvres éclairent toute l'histoire de l'humanité.

Le quatrième acte, bien que remanié, n'est guère moins merveilleux. Après Tartuffe triomphant, grâce à la sottise d'Orgon, c'est Tartuffe dupé : Tartuffe ridicule, maintenons le mot.

Je passe rapidement sur sa scène avec Cléante. Il s'y montre un parfait casuiste, très ferré sur les *distinguo* ; mais c'est de bonne foi qu'il applique cette admirable science aux intérêts du Ciel, et la bonne foi ici encore va jusqu'à la naïveté, comme dans ces vers sur Damis :

> Je lui pardonne tout, de rien je ne le blâme,
> Et voudrais le servir du meilleur de mon âme;
> Mais l'intérêt du ciel n'y saurait consentir,
> Et, s'il rentre céans, c'est à moi d'en sortir.

qui doivent se dire comme on dirait en mauvaise prose : « Ah mon Dieu! je ne lui en veux pas, moi; le pauvre jeune homme, mais c'est le Ciel : le Ciel ne veut pas que nous vivions ensemble. Il faut qu'un de nous s'en aille : Eh bien! ça ne peut pas être moi, n'est-ce pas? Qu'est-ce que le Ciel deviendrait? » Et cette idée de céder la place, lui, Tartuffe, à ce Damis, qui n'est que le fils de la maison, le légitime héritier, cette idée lui semble si anormale, si monstrueuse, que quand Cléante la lui émet en pleine barbe, il ne répond pas : il est suffoqué, c'est trop fort, et il tire sa montre...

> Il est, monsieur, trois heures et demie,
> Certain devoir pieux me rappelle là-haut.

Du reste, quant à ce bien qu'on lui reproche d'usurper, il est probable qu'en effet Tartuffe ne l'accepte pas pour lui-même. Avec Damis, il tomberait en de méchantes mains; avec Tartuffe il tombera en main morte.

Cependant la famille, unie contre l'ennemi commun, fait un suprême effort. Orgon résiste :

> Allons ferme, mon cœur, point de faiblesse humaine !

Et il démontre à Marianne que plus elle déteste Tartuffe plus elle doit l'épouser :

> Mortifiez vos sens avec ce mariage.

Oh! le beau mot! dirait Panurge encore; mais le bonhomme, tout tartuffié qu'il est, qui a gardé pour sa femme un certain respect, consent à l'épreuve qu'elle propose. Et alors Elmire se résout au combat. — Faites-le-moi venir! dit-elle.— Son esprit est rusé, suggère Dorine, moins pénétrante qu'Elmire et qui se figure le monstre plus Tartuffe qu'il n'est. — Non, non, réplique la dame, à qui n'a nullement échappé la vanité du drôle et la béate confiance en ce qu'il se croit de fascination :

> Non, l'on est aisément dupé par ce qu'on aime,
> Et l'amour-propre engage à se tromper soi-même.

Elle seule a vu clair, en effet. Certes, si jamais homme s'est vu repoussé, c'est Tartuffe. Dès avant qu'il se fût déclaré, ses yeux et ses soupirs n'avaient rencontré qu'indifférence polie, et pas même d'étonnement : son aveu, chose pire, n'a pas eu l'honneur d'exciter de colère, ce qui eût indiqué au moins de l'émotion ; il a été méprisé.

> Une femme se rit de sottises pareilles.

Eh bien ! telle est l'infatuation de notre homme, qu'aux premiers mots d'Elmire il est pris. Qu'Elmire ajuste merveilleusement les faits avec ce qu'elle veut qu'il croie, d'accord ; mais les faits sont bien récents. Y a-t-il une heure? et cependant toute sa résistance se borne à deux vers :

> Ce langage à comprendre est assez difficile,
> Madame, et vous parliez tantôt d'un autre style.

Il n'est pas même mis en éveil par ces mots d'Elmire :

> Que le cœur d'une femme est mal connu de vous !

Lui qui doit si bien savoir que quand une femme vous dit : Vous ne connaissez pas les femmes ! c'est qu'elle se met en devoir de vous les faire connaître — en vous trompant. — Et le voilà qui boit les explications d'Elmire :

> Leur miel dans tous mes sens fait couler à longs
> Une suavité qu'on ne goûta jamais. [traits

Et ne vous y trompez pas : s'il demande la liberté de douter de son bonheur, ce n'est pas défiance modeste, c'est ruse d'amant. Tous disent à la femme qui se refuse : « Vous ne m'aimez pas », tous veulent des offres réelles; Tartuffe est convaincu, mais il est pressé, si pressé, si enflammé, qu'il en oublie toute circonspection, qu'il livre sa science, la science dont la possession le fait supérieur à tous les autres hommes; il l'expose, il s'en targue, il vend le secret de l'État; le tout afin de dire : « Je réponds de tout, contentezmoi. » Il va plus loin : il raille, tout bouffi d'orgueil, juste à l'heure où on l'attrape, lui; il daube sur Orgon pour se faire valoir. « Bon, quand il nous surprendrait ! il n'en sera que cela !

...je l'ai mis au point de voir tout sans rien croire.

Et lui, y voit-il mieux? L'embarras d'Elmire, sa toux subite, cette table qu'elle ne quitte pas, ces coups qu'elle y frappe, tout cela lui échappe; il est aveugle et sourd, il est pipé, pipé à pleines pipes, comme Arnolphe et comme Sganarelle ! Et quand le naïf arrive les bras ouverts pour embrasser Elmire, il donne du nez dans la large barbe d'Orgon; c'est sa victime qui le chasse et le niais dont il se moquait tout à l'heure qui l'invite à dénicher.

C'est là qu'il est ridicule parce qu'il est pris par sa faute; et les explications qu'il essaie ne font qu'aggraver sa situation : « Quoi ! vous croyez ?... » Il disait d'abord « mon frère ». *Quoi! vous croyez, mon frère?* Cela rappelle ce personnage en robe noire qui, pris, il y a quelques années, *flagrante delicto,* dans un compartiment de première classe, avec une pénitente à lui, crut s'en tirer en s'écriant : « C'est ma sœur ! » Tout un état moral particulier se révèle dans un tel cri.

C'est cet état moral que Molière livre à nos risées.

La *Lettre sur l'Imposteur* a là-dessus quelques pages excellentes : « La disconvenance est l'essence du ridicule », dit-elle. Or, il y a disconvenance absolue entre le but que poursuit Tartuffe, la séduction d'Elmire, et les moyens qu'il emploie pour réussir. « Il est aisé de voir par là, continue l'ami de Molière, pourquoi la galanterie de Panulphe est *ridicule*..... Le mauvais effet qu'elle produit le fait paraître si fort et si pleinement *ridicule* que le spectateur le moins intelligent en demeure pleinement convaincu. » Il est bon de se rappeler que cette appréciation du rôle date du moment où la pièce se jouait sous la direction de Molière, où ses intentions, scrupuleusement observées, éclataient dans tout leur jour. La lettre, d'ailleurs, ajoute plus loin cette très belle parole, digne de Molière même et qu'il a certainement inspirée : « La Providence de la nature a voulu que tout ce qui est méchant eût quelque degré de ridicule. » Voilà le secret du *Tartuffe*. Molière veut qu'on en rie, parce qu'il est méchant. Le rire est son arme et vous savez comme il en joue ; Tartuffe, après deux siècles, en est toujours incommodé ; je ne sais s'il en mourra, il a la vie si dure ! mais la plaie durera autant que lui. On voit donc que les spectateurs de 1667 n'aperçurent point Tartuffe aussi terrible qu'on veut que nous le fassions à présent.

Certes, la situation est puissante, et quand, balayé par le geste d'Orgon, *le pauvre homme* remonte, *baissant le nez*, prendre son chapeau et son manteau (car je tiens que c'est ainsi qu'il faut jouer cet incomparable coup de théâtre, et non comme on fait d'habitude, en Capitan), quand, dis-je, au moment de quitter la place, il se retourne et sans détoner, logiquement, pieusement, il lance le fameux :

> C'est à vous d'en sortir, vous qui parlez en maître.

nul doute qu'il y ait là un grand et saisissant effet dramatique.

Il faut néanmoins faire rire avec le vers :

> Venger le ciel qu'on blesse. .

comme dans la scène de la confession générale, comme plus loin, à la dernière scène du rôle, quand notre homme affirme avec une vertueuse conviction :

> ... qu'il est pour le ciel appris à tout souffrir.

Et je crois qu'en faisant rire, on entre dans les vues de Molière. *Castigat ridendo.* Seulement, c'est une observation bonne à noter, parce qu'elle s'applique à toute son œuvre, le rire qu'il convient de susciter, est le rire propre à la pièce. Ce n'est pas le même que celui des *Précieuses*, ni que celui des *Femmes savantes*; il y en a toute une gamme, depuis le *hé hé* de bonne compagnie qui salue au passage les fines railleries du *Sicilien*, jusqu'au *hou hou* à ventre déboutonné que soulève le *Médecin malgré lui* s'enquérant si la matière est louable. Dans le clavier du rire, le *ha ha* que mérite Alceste, lâchant ses apophtegmes rageurs, n'est pas le *ho ho* qui convient pour Arnolphe, ce fou, ce fieffé brutal ; ce n'est pas non plus l'espèce de *hu hu* qui doit poursuivre Tartuffe, mêlé de huée pour le drôle et d'un épanouissement de rate à le voir découvert. A l'artiste de toucher juste et ne pas tirer du public cette dissonance cruelle, le rire de la farce se fourvoyant dans la comédie. Ce serait, à rebours, le même contre-sens que d'y introduire l'accent tragique.

Je ne pousserai pas plus loin l'analyse ; le cinquième acte, d'ailleurs, est l'acte fait après coup en vue de gagner Louis XIV et de rallier les *vrais dévots* ; plein de choses admirables, mais d'altérations évidentes à la physionomie du héros, qui y devient on ne sait quel traître de mélodrame, fort différent dans ses noirceurs du *Tartuffe* à l'oreille fleurie que nous ont présenté les premiers actes.

Le faux dénouement, toutefois, garde encore une allure comique. Tartuffe est joué pour la seconde fois, et par un revirement tout propre à désopiler le parterre, la prison qu'il a fait préparer pour Orgon, c'est lui qui s'en va y coucher.

Le vrai dénouement, ce n'en est pas moins le mot d'Orgon :

Dénichons de céans, et sans cérémonie.

Tartuffe hors de la maison ! Voilà où en veut venir Molière ; attendu que le sujet de sa pièce, c'est Tartuffe dans la maison, au foyer, dans la famille.

Dans le *Misanthrope*, il a peint la société ; c'est la famille qu'il a mise en scène dans Tartuffe.

Et sous quelles couleurs charmantes ! Il semble que le pauvre grand homme, qui n'en eut guère, ait voulu épancher dans sa pièce toutes ses tendresses restées sans emploi.

Tout le monde est bon dans la maison d'Orgon ; le père est plein de *faiblesses humaines ;* le frère, sage sans égoïsme, s'emploie pour les enfants qu'il chérit. Le fils est la jeunesse même, généreuse et fougueuse, avec cette pointe de don quichottisme qui nous fait tous à vingt ans grands redresseurs de torts et grands abatteurs de méchants. L'amoureux Valère est le même cœur avec plus de discrétion. La fille est un mouton qui attendrirait le boucher ; la belle-mère — car ce foyer est si uni, ces braves gens sont si affectionnés les uns aux autres, que la famille a résisté à ce dissolvant terrible : la belle-mère! que dis-je? à ce double dissolvant, une belle-mère jeune et une grand'mère dévote. C'est que cette belle-mère est Elmire, — Henriette mariée; — le bon sens; le bon sens dans tous les sens du mot, le sens et la bonté, cette admirable tranquillité d'âme qui vient d'un tempérament sain. Elmire n'a pas d'amour sans doute, son mari pourrait être son père, mais elle a pour lui une amitié loyale, pleine de ménagements et de bonne grâce; point de passion, point de froideur non plus.

Enfin, dans cette maison où l'on est si bon, on est gai. Du grenier à la cave Dorine l'emplit de sa belle humeur; pas bégueule, comme on sait, la verve exubérante, mais ce défaut, qu'elle a aussi ailleurs, n'est point désagréable..

Voilà d'heureuses gens, certes, et bien assurés contre les coups du sort.

Quelqu'un pourtant entre dans la maison. Et voilà que la grand'mère rabroue et gronde, qu'on voudrait, si cela se pouvait, réduire Dorine au silence, que l'amoureux est évincé, que la fille se désespère, que le fils est déshérité, que la ruine et le déshonneur menacent.

Qui était donc ce quelqu'un?

C'était, j'allais dire encore le prêtre; je me reprends; je ne voudrais pourtant pas dire seulement le jésuite, car il s'agit là d'un personnage beaucoup plus général, qui est de toutes les confessions; toutes ont leurs Tartuffes; à certains points de vue, toutes les Églises sont l'Église.

Molière n'a pas attaqué la religion; c'eût été s'en prendre à la conscience; il n'était pas homme à cela. Mais la religion est de ce monde où l'abus gâte les meilleures choses. Et Molière trouvait que de son temps on en avait trop mis. Tout ce qui sort de la *juste nature* est du domaine du poète comique; est-ce la faute de Molière si les excessifs ont poussé la religion sur ses terres?

Et par excessifs, j'entends les dévots, non pas les faux, les vrais aussi. On a joué récemment la *Dévote*. Cela voulait-il dire l'hypocrite? Nullement. L'auteur avait prétendu jouer les défauts qui accompagnent assez souvent la dévotion chez nos femmes. Molière a joué, dans Tartuffe et dans Orgon, ceux qu'elle peut comporter chez l'homme.

Molière a vu que la dévotion, même sincère, lorsqu'elle va à l'excès peut devenir un danger pour la famille. Dans son esprit d'abord, dans l'homme qui la représente ensuite, directeur ou confesseur.

Quel est l'esprit de la dévotion? Quelle idée anime le dévot? L'idée du *salut*. Et comment fait-on son salut? En sacrifiant à Dieu la famille.

Orgon était le meilleur des pères. Cependant que dit-il après que Tartuffe a passé?

Il m'enseigne à n'avoir d'affection pour rien.
De toutes amitiés il détache mon âme
Et je verrais mourir frère, enfants, mère et femme,
Que je m'en soucierais autant que de cela.

Est-ce là une doctrine d'hypocrite? Point du tout; c'est la règle du détachement absolu, qui envoie les saints au désert et les filles au cloître. C'est la fin logique des pures croyances; c'est le langage du vrai dévot:

Qui suit bien ses leçons goûte une paix profonde,
Et comme du fumier regarde tout le monde.

Les leçons de qui ? De Tartuffe? Mais c'est l'*Imitation de Jésus-Christ* qui parle. Le suicide moins la mort, voilà le fond de la théorie. Où elle domine, encore une fois, que voulez-vous qu'il reste de la famille? Voilà l'excès dénoncé par Molière. Ne nous attardons pas aux petits côtés de la question : au guichet du confesseur, par exemple, ouvert sur l'alcôve même. Le plus grand mal que fasse Tartuffe, ce n'est pas qu'il séduise Elmire, c'est qu'il gâte Orgon. Le Révérend Père tue le père.

Notre poète ne le veut pas. Que répond son honnête homme à la théorie?

> Les sentiments humains, mon frère que voilà !

Molière plaide pour l'humanité. Je ne sais pas, le père Bernard n'ayant pas trahi le secret de la confession, s'il fut athée, comme l'était son maître Lucrèce, le cher objet pourtant de ses études. Je crois très volontiers au contraire qu'il rendait à César ce qui est à César et à Dieu ce qui est à Dieu ; mais avant tout, il est pour l'homme, et pour l'homme d'ici bas, s'entend, l'homme fait de terre. Et comme il n'est pas bon que l'homme soit seul, Molière est aussi pour la femme, le foyer dont la femme pose la pierre, pour la famille qu'elle crée autour, et que Molière ne veut pas qu'on sacrifie à l'égoïste et solitaire *salut* du dévot.

Mais ce n'est pas seulement dans son esprit que la dévotion peut être dangereuse; elle l'est aussi dans l'homme qui l'incarne, même si celui-ci a les meilleures intentions du monde. Certes, il y a un côté ridicule dans le dévot prêchant une doctrine d'abstinence alors que lui ne se refuse rien ; mais Molière ne s'est pas borné à mettre en scène cette éternelle antithèse, un des *mystères joyeux* de l'Église ; il a montré aussi comment le même homme, restant homme après tout, peut confondre, à son insu peut-être, les intérêts de son Dieu et les siens propres; il a indiqué quels ravages peut faire dans une conscience cette conviction qu'on est le fondé d'affaires du ciel, revêtu de ses pouvoirs et, par suite, doué de privilèges particuliers ; il a signalé la soif de domination, l'orgueil immense de l'homme qui se croit sacré.

Et c'est pourquoi, dans ce pays de France

où depuis Faux semblant et Renard, jusqu'à Macette et jusqu'à Basile, les caricatures du mauvais dévot ont abondé toujours et toujours réussi ; c'est pourquoi Molière ayant tracé la plus amusante et la plus vraie est devenu si populaire.

Malgré Alceste, malgré Chrysale, malgré cent types que les siècles ne se lasseront pas d'étudier, et qui feront les délices des hommes tant qu'il y aura des hommes qui penseront, s'il n'eût pas fait Tartuffe, Molière ne serait pas ce Molière que lit chaque Français de plus qui sait lire.

C'est son œuvre caractéristique, sa gloire inséparable, sa victoire... et pas la sienne seulement.

Je suppose une espèce de jugement dernier des races, où chacune, appelée à la barre, soit invitée, pour se voir adjuger là haut une place selon ses mérites, à déposer l'ouvrage où son esprit se reflète le mieux — son chef-d'œuvre, et la représentation de sa plus haute action sur le monde. L'Allemagne, je suppose, déposera *Faust*, l'Angleterre *Hamlet*, l'Espagne *Don Quichotte*, l'Italie *la Divine Comédie*. La France enfin, s'avançant modeste, avec la clarté de son beau rire sur les lèvres, présentera son œuvre à son tour. Qu'est-ce que c'est? demandera le Très-Haut. — Seigneur, c'est *Tartuffe*.—C'est bien, dira le Seigneur... Asseyez-vous à ma droite.

C. COQUELIN,
De la Comédie-Française.

ÉVREUX, IMPRIMERIE DE CHARLES HÉRISSEY.

ÉVREUX, IMPRIMERIE DE CHARLES HÉRISSEY

www.ingramcontent.com/pod-product-compliance
Ingram Content Group UK Ltd.
Pitfield, Milton Keynes, MK11 3LW, UK
UKHW031933260826
14628UKWH00004B/1598

9 782019 698997